Brigitte Anna Lina Wacker

WUNDERSAM

Wahre Geschichten

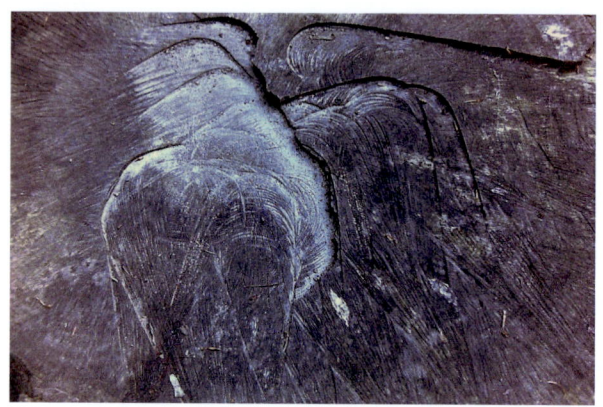

*„Denn er hat seinen Engeln befohlen,
dass sie dich behüten auf allen deinen Wegen"*
Psalm 91:11, Luther Bibel (1912)

Herstellung und Verlag
BoD - Books on Demand, Norderstedt
ISBN 978-3-7431-0904 -9

Ohne ausdrückliche Genehmigung ist es nicht gestattet, das
Buch oder Teile daraus zu vervielfältigen.
Text, Fotografien und Illustration©:
Brigitte Anna Lina Wacker
Alle Urheberrechte bei der Künstlerin

Vorwort

Glauben Sie an Wunder?

Glauben Sie an die Kraft der Gebete?

Glauben Sie an Zeichen des Himmels?

Ich habe nicht an die Existenz von Wundern, Zeichen oder Engeln geglaubt, bis sie sich mir zeigten. Sie taten das in einer Form, die mich neugierig machte.

In Stunden, in denen mein Vertrauen in das Leben schwand, zeigten sich vollendete Regenbögen. An manchen Tagen waren es mehrere, einmal sogar sieben. Seltsam daran war, dass sie außer mir niemand gesehen hatte. Immer noch staune ich und wundere mich, wenn Begebenheiten in meinem Leben auftauchen, die sich nicht so einfach erklären lassen.

Nach einem schweren Autounfall, den ich vor über 25 Jahren als Beifahrerin erlitten hatte, war ich nur noch imstande, kleine Touren im vertrauten Umkreis von 10-15 Kilometern zu machen. Aber dieses Dilemma wurde eines Tages schicksalhaft beendet. Mein Sohn hatte mich zu seinem Geburtstag eingeladen. Eine Katastrophe für mich, denn zwischen uns lag eine Entfernung von über 150 km. Als ich meinem Sohn vorsichtig an meine Angst erinnerte, verwies er mich an meinen Schutzengel und meinte, ich solle unbesorgt fahren.

Wenn die Not am größten ist, ist meist auch die Hilfe nah...! Einer meiner Freunde übte mit mir mehrfach das Fahren auf der Autobahn. Meine Knie und Hände zitterten schon beim Gedanken an die hohen Geschwindigkeiten.

„Mach dir doch darüber keine Sorgen!", hatte er beschwichtigend auf mich eingeredet. „Du fährst so schnell, wie du es möchtest und verantworten kannst. Die anderen können doch überholen, falls du wirklich zu langsam fahren solltest."

Schneller als gehofft kam dann für mich der große Tag. Aufgeregt war ich mit genauer Wegbeschreibung meines Sohnes und Stadtkarte zur Geburttagsfeier gestartet. Nach einigen Kilometern konzentriertem Fahren war von meiner Angst nichts mehr zu spüren. Ohne Probleme befuhr ich die Autobahn und freute mich darüber, dass die Fahrt reibungslos verlief. Ich hatte bereits über 100 Kilometer zurückgelegt und befand mich gerade im Überholvorgang auf der linken Fahrspur, als mein altes Auto plötzlich eigenständig bremste. Ich wusste, dass ich mich in allerhöchster Gefahr befand. Schließlich war die Autobahn dreispurig, es herrschte starker Wochenendverkehr und ich musste mit dem immer langsamer werdenden Fahrzeug auf die rechte Fahrspur wechseln.

In meiner Not fiel mir ein, dass ich als Kind mit meinem Bruder das Morsen mit der Taschenlampe geübt hatte und so hupte ich tapfer SOS und stellte mein Warnblinklicht an. Es war kaum zu glauben: Alle Autos bremsten sofort

und ich konnte mein Auto sicher zum rechten Fahrbahnrand lenken. Nach einigen Metern kam der Wagen zum Stehen und wieder mochte ich es kaum glauben, direkt vor einer Notrufsäule.
Ich habe dankende Stoßgebete zum Himmel geschickt. Der ADAC kam bereits nach kurzer Zeit und schnell war der Defekt gefunden: Die Zündspule hatte versagt. - Es gab weitere seltsame Erlebnisse in meinem Leben, die ich in kleinen Episoden zusammengefasst habe.
Es sind wahre Geschichten, die das Leben schrieb. Lediglich Ortsbezeichnungen und die Namen der beteiligten Personen habe ich geändert. Die Privatsphäre von Angehörigen und Freunden, die mir lieb und wert sind, möchte ich gerne gewahrt sehen.

Möge das Leben auch für Sie Wunder und Wundersames bereithalten. Mit allen guten Wünschen und Gottes Segen

Ihre Brigitte Anna Lina Wacker

Die Vespa

Frühlingswarm schien die Sonne durch die geöffneten Fenster des roten Backsteinhauses und trug den Duft der Wiesen und des nahen Waldes in die Zimmer. Es war ein Tag wie im Märchenland. Morgentau lag auf den zarten Gräsern und Blüten des Gartens. Gäbe es Elfen, sie würden tanzen.

In der Küche stand eine junge Frau am Tisch und rührte für ihren Geburtstag am kommenden Tag einen Kuchen an. Sie war aufgeregt. Gerade hatte sie den lang ersehnten Anruf vom Fahrradhaus Klement erhalten. Seit Wochen wartete Beate ungeduldig auf ihre neue rote Vespa. Heute endlich war es so weit. Gegen Mittag könne sie den Motorroller abholen, hatte man ihr mitgeteilt.

Aufgeregt griff Beate erneut zum Telefon, um Ihren geliebten Ehemann zu informieren. Sie wusste, er würde für sie sofort die Arbeit unterbrechen und zu ihr eilen, um mit ihr in die zwanzig Kilometer entfernte Stadt zu fahren. Lars würde am Abend die Fehlstunden nacharbeiten.

Das Nummernschild war vorbestellt und konnte sofort vom Versicherungsbüro abgeholt werden. Beate hatte keinen besonderen Wunsch gehabt, was die Zahlenfolge betraf und wollte sich überraschen lassen. Ungläubig schaute sie auf die Zahlen 257. Wie konnte das sein? Es handelte sich um die alte Telefonnummer ihres verstorbenen Vaters. Beate eilte etwas verwirrt nach Hause.

Kaum zwanzig Minuten waren vergangen, als Lars strahlend zur Tür hereinkam und Beate stürmisch in die Arme nahm. Er liebte seine Frau wie am ersten Tag. Wortlos zeigte sie ihm das Nummernschild und Tränen glitzerten in ihren Augen. Lars verstand auch ohne Worte. Er wusste, wie sehr Beate immer noch um ihren Vater trauerte, der vor einigen Monaten nach schwerer Krankheit mit nur 61 Jahren verstorben war. Mit dem Geld, dass sie von ihm geerbt hatte, wollte sie sich einen langersehnten Traum erfüllen und sich endlich einen Roller kaufen.

Wegen der Kinder hatte Beate auf eine berufliche Karriere verzichtet. Sie hatten beschlossen, gerade in den wichtigen ersten Lebensjahren für die Kinder da zu sein. Das Geld war zwar knapp und zwang sie zur äußersten Sparsamkeit. Eigene Bedürfnisse wurden zurückgestellt. Wichtig war, dass es den Kindern an nichts mangelte. Lars arbeitete in einer Kfz-Werkstatt als Mechaniker. Wenn er von seinen Kunden Trinkgelder erhielt, so legte er diese Summen auf ein Sparbuch. Das Geld wurde auch in Notzeiten nicht angerührt. Es waren Rücklagen für die Ausbildung beider Söhne.

Lars war sehr geschickt in Haus und Garten. Viele der kleinen und großen Reparaturen konnte er selber ausführen. Manchmal half er Bekannten auf deren Baustellen und verdiente sich ein paar

Euros nebenher. Dann lud er seine geliebte Frau zum Essen ein oder fuhr mit der Familie zum Einkaufen in die nächstgelegene Stadt.

Beate stellte den Kuchenteig in den Kühlschrank, band die Schürze ab und zog eine frische Bluse an. Sven, der jüngere Sohn, war vor wenigen Minuten aus der Schule gekommen. Er war der Sonnenschein der kleinen Familie. Markus hatte mit seinen vierzehn Jahren einen eigenen Haustürschlüssel und war noch in den nächsten zwei Stunden in der Schule. Schnell schrieb Beate einen Zettel für ihren Sohn und legte ihn auf den Küchentisch. Kurz darauf saßen die drei fröhlich lachend im Auto. Die Fahrt schien unendlich lang zu dauern, aber dieses Gefühl kam wohl von der Aufregung und freudigen Erwartung.

Als Beate dann endlich die signalrote Vespa in Augenschein nahm, traten ihr vor Freude Tränen in die Augen. Der Radhausbesitzer legte ihr nahe, eine gute Lederjacke auszusuchen und ebenfalls einen gut sitzenden Helm zu wählen. Sie probierte viele Modelle und entschied sich endlich für eine kurze schwarze Lederjacke, die um zweihundert Euro im Preis herabgesetzt war. Dann fand sie nach langer Suche endlich einen passenden roten Helm für ihre prächtige Lockenmähne. Für Sven kaufte sie ein weißes Exemplar mit blauen Streifen. Er würde sicherlich oft seine Mutter auf den Fahrten begleiten. Auf eine Lederjacke für ihren Jüngsten verzichtete Beate schweren Herzens, denn dafür reichte das Geld leider nicht mehr. Der Ladenbesitzer legte ihr ans Herz, dringend diesen Kauf nachzuholen, da im Falle eines Sturzes mit schwersten Hautabschürfungen zu rechnen sei.

Beate trat mit Lars und Sven aus der Halle des Radhauses hinaus auf den geräumigen Vorplatz. Sie hatte noch nie einen Motorroller gefahren und so bekam sie alles auf das Genaueste erklärt.

Der nette Radhaus-Inhaber hatte einige Bedenken, dass die junge Frau mit der Vespa gleich 20 km weit fahren wollte, ohne Vorkenntnisse und ohne Übungsstunden.
„Soll ich Ihnen das Ding nicht doch lieber nach Hause liefern?", fragte er besorgt. „Ich kann es für morgen einrichten. Dann haben Sie pünktlich Ihr Geburtstagsgeschenk auf dem Kaffeetisch."

„Keine Sorge", lachte Lars. „Meine Frau ist ganz schön pfiffig. Ich fahre hinterher und passe auf, dass sie langsam fährt."

„20 km sind für den Anfang eine lange Tour. Die Maschine ist sehr schwer und erfordert viel Kraft", kam als nächster Einwand. „Es wäre wirklich besser, Ihre Frau könnte zu Hause einige Tage üben, bevor sie sich auf eine stark befahrene Straße traut."

Beate startete die Maschine, gab vorsichtig Gas und bog entschlossen ab auf die heimwärts führende Straße.
„Sie sehen, meine Frau hat ihren eigenen Kopf. Mach einer was dagegen", lachte Lars. Er stieg

mit seinem Sohn in das Auto und beeilte sich, Beate zu folgen.

Die Straße war schmal und uneben, als sie die Stadt verlassen hatte. Im Auto hatte Beate die vielen Straßenschäden nicht bemerkt. Die Maschine fest im Griff, fuhr sie äußerst konzentriert und merkte nicht, dass sie sich dabei verkrampfte. Ein Trecker blockierte plötzlich die zügige Fahrt. Sollte sie überholen?
Und nun unterlief Beate ein folgenschwerer Fehler. Beim Überholen übersteuerte sie die schwere Maschine, verlor die Kontrolle und die Vespa brach aus. Voller Entsetzen bemerkte Beate, dass sich der Roller flachlegte. Zu allem Unglück kam ihr auf der Gegenfahrbahn laut hupend ein Lastwagen entgegen. Nur Bruchteile von Sekunden vergingen, ein Zusammenprall war unvermeidlich. Ein lauter Entsetzensschrei löste sich aus Beates Mund:

„Vati... --- hilf mir!"

Und das Wunder geschah. Wie von einer starken Hand geführt, richtete sich die Vespa auf. Beate fühlte einen starken Druck nach rechts, der Lastwagen donnerte laut hupend an ihr vorüber. Zitternd brachte Beate den Roller am rechten Straßenrand zum Stehen. Hinter ihr stieg nur wenig später blass und fassungslos Lars aus dem Auto.

„Um Gottes Willen, Beate, Liebes. Ich sah dich schon tot unter dem Lastwagen. Sag mir bitte, wie hast du es geschafft, die Maschine hochzureißen? Mein Gott, dass du noch lebst." Und schon rannen Tränen aus seinen Augen.

„Ich weiß nur, dass ich nach meinem Vater geschrien habe. Ich glaube, ich hatte eine gute „Telefonverbindung". Ich spürte eine große Kraft, die mich hob", erklärte Beate stammelnd.
„Ich selber habe letztendlich nichts getan. Und wenn es nicht mein Vater war, dann half mir Gott mit seinen Engeln. Ich kann das weder begreifen noch erklären."

Voller Dankbarkeit und Zuversicht startete sie erneut ihren Roller, um den Rest des Heimwegs anzutreten.

Das Opfer

Es war ein Tag wie jeder andere. Karen hatte Mühe aufzustehen. Gestern hatte sie, wie in den letzten Tagen auch, Apfelsaft und Apfelgelee gekocht. Die Füße taten weh vom vielen Stehen am Herd. Auch die Finger waren ein wenig steif heute Morgen. Schließlich hatte sie körbeweise Äpfel geschält, entkernt und kleingeschnitten.
Aber die Ernte nahm in diesem Jahr kein Ende. Immerhin standen im Garten sechzehn Obstbäume, darunter auch zwei Birn- und zwei Zwetschgenbäume. Karen und Rolf hatten beschlossen, die nächsten Kisten und Körbe der leckeren Früchte zur Mosterei zu bringen. Der Vorratsschrank war gut gefüllt, das Regal im Keller des schmucken Einfamilienhauses ebenfalls.

Rolf hatte an diesem Morgen bereits gefrühstückt. Duftender Kaffee stand in der Thermoskanne bereit und verhieß einen guten Start in den Morgen. Der Tisch war flüchtig gedeckt mit Brötchen, Gelees, Käse und Wurst.

Rolf hatte Karen nicht geweckt, sondern das Haus sehr früh am Morgen verlassen. Seit er seine Firma vor ein paar Monaten durch einen Konkurs verloren hatte, war das Verhältnis der beiden Eheleute getrübt. Obwohl Karen sofort eine neue Firma gegründet hatte, um somit den Unterhalt zu sichern und auch das Haus behalten zu können, war ihre Beziehung wie eingefroren. Es gab keine Nähe mehr zwischen den beiden, keine

Zärtlichkeit, keine Berührung. Sie gingen höflich miteinander um, mehr aber auch nicht. Rolf konnte einfach nicht verkraften, dass er jetzt einfacher Angestellter seiner eigenen Frau war.
Karen hatte gerade fertig gefrühstückt, als es an der Haustür klingelte.

„Guten Morgen, ich bin Mike Bremer", grinste ihr ein blondgeschopfter, braungebrannter und muskulöser Mann in den besten Jahren entgegen. „Rolf hat mich gebeten, den Gartenzaun zu streichen. Und hier bin ich."

Fassungslos starrte Karen dieses Prachtexemplar von Mann an, unfähig, auch nur ein Wort hervorzubringen.

„Hallo, jemand zu Hause?" Der Strahlemann schien nun doch leicht verwirrt. „Hat Rolf Ihnen nicht erzählt, dass ich komme?"

„Doch, doch, natürlich." Karen log, ohne mit der Wimper zu zucken. „Ich bin noch nicht ganz wach. Ich sehe eigentlich nur noch Äpfel, die ich verarbeiten muss."

„Nee, dafür bin ich nicht der Richtige. Aber zeigen Sie mir doch bitte, wo ich Farbe und Pinsel finde. Oder soll ich meine Arbeitsutensilien von zu Hause holen?"

Jetzt erst bemerkte Karen, dass auf der Treppe zum Dachgeschoss ein kleiner Zettel lag: „Farben und sonstige Materialien sind im Keller. Habe die

Werkbank bereits aufgestellt, falls es regnen sollte. Ich habe Mike beauftragt, unseren Zaun zu streichen. Sag ihm, dass er seinen Lohn am Wochenende von mir bekommt. Ich bin erst Freitagabend wieder zurück. Muss nach Stuttgart, Reparaturen vornehmen. Gruß – Rolf. Ich melde mich, wenn ich im Hotel eingecheckt habe."

Karen führte Mike in den Keller, zeigte ihm die Malerutensilien und eilte die Treppe hinauf, um die nötige Hausarbeit zu erledigen, die Waschmaschine anzustellen und dann erneut im Garten das Fallobst einzusammeln. Wenn Rolf erst zum Wochenende heimkäme, könnte er auch dann erst die Äpfel mit dem Lieferwagen zur Mosterei bringen. Also gab es noch viel Gelee und Apfelmus zu kochen in den nächsten Tagen. Man konnte die Früchte schließlich nicht verderben lassen. Als sie die schweren Körbe ins Haus tragen wollte, stand Mike rauchend vor der Eingangstür.

„Na, schöne Frau, das lassen Sie mich man lieber machen. Das ist viel zu schwer für Sie."

„Das mache ich schon seit Tagen selber. Ich bin doch keine schwache Frau!" Karen bekam rote Wangen vor Empörung.

„Das ist Männerarbeit", lachte Mike, nahm Karen den schweren Obstkorb ab und trug ihn in die Küche.
„Wollen Sie Apfelkuchen machen? Dann hätte ich gerne ein Stück davon!"

„Dafür habe ich nun wirklich keine Zeit. Apfelmus und Gelee koche ich heute. Und wenn Sie lieb und artig Ihre Arbeit machen, dann dürfen Sie heute Mittag etwas von meiner leckeren Apfelsuppe probieren."

Immer noch verunsicherte der gut aussehende Mike die brave treue Ehefrau. Und doch – wäre sie nicht gebunden, dieser Mann könnte ihr gefährlich werden. Vom Küchenfenster aus konnte sie in den Vorgarten sehen. Dort saß dieses Prachtstück von Mann auf einem alten Schemel und pinselte fleißig den ausgeblichenen Gartenzaun in wunderschönem Mittelbraun an.

Sie hätte ihm stundenlang zusehen können, wären nicht die vielen Äpfel zu verarbeiten gewesen. Nach gut einer Stunde war der erste Korb leer, der Entsafter dampfte auf dem Herd und im Kochtopf brodelten die Früchte, um am Nachmittag zu Mus verarbeitet zu werden. Karen arbeitete ohne Pause.

Natürlich stand die Apfelsuppe bereits fertig im Kühlschrank. Karen hatte am gestrigen Tag ein neues Rezept ausprobiert. Sie fand die Suppe äußerst köstlich und an diesem heißen Sommertag würde sie herrlich erfrischend sein.
Schnell war der Küchentisch gedeckt und die ausgekochten Apfelstücke auf den Kompost-haufen gebracht.

„Haben Sie Hunger auf Apfelsuppe?"
„Wie ein Wolf."

Mike erhob sich sofort, stellte den Pinsel in eine dafür bereitstehende Dose, verschloss sorgsam den Farbtopf und kam fröhlich in die Küche marschiert.

„Leider müssen wir in der heißen Küche essen", entschuldigte sich Karen. „Obwohl ich bereits das große Fenster geöffnet habe, gibt es keine Abkühlung. Jetzt zur Mittagszeit kommt nur die Sommerhitze hinein."

„Macht nichts", strahlte Mike. „Und was bekomme ich morgen zu essen?"

„Weiß ich noch nicht. Vielleicht schmeckt es Ihnen ja nicht. Dann bringen Sie sich vielleicht lieber ein Leberwurstbrot mit oder fahren zum Imbiss, Pommes holen."

Karen spürte Unsicherheit, als sie Mike bat, am anderen Ende des großen Küchentisches Platz zu nehmen. Wie lange war es her, dass sie mit einem Fremden gespeist hatte. Und wenn, dann war es in einem Restaurant gewesen und nicht in heimeliger Atmosphäre. Mike hingegen fühlte sich pudelwohl. Mit frisch gewaschenen Händen saß er fröhlich vor seiner Suppe und kaum, dass er den Teller leer gegessen hatte, bat er auch schon um Nachschlag.
„Lecker", stöhnte er, als die Schüssel endlich leer war. „Und was gibt es zum Nachtisch?"

„Ich könnte uns Espresso machen. Wir müssen schließlich fit bleiben."

„Prima Idee", freute sich Mike. „Ein Stück Apfelkuchen wäre jetzt auch nicht schlecht."

„Also gut, den Kuchen gibt es morgen. Jetzt geht es wieder an die Arbeit. Bringen Sie mir doch bitte den zweiten Korb Äpfel in die Küche. Das ist schließlich Männerarbeit." Karen staunte über ihre Lockerheit.

„Sag mal, können wir uns nicht mit *Du* anreden? Das *Sie* ist für mich doch sehr komisch. Und auf den Baustellen duzen wir uns auch alle. Auch im Fitness-Studio." Mike schaute sie fragend an.

Karen zögerte. Eigentlich wäre sie lieber bei einer distanzierten Anrede geblieben. Doch sie wusste, dass in der Baubranche ein rauer aber herzlicher Ton herrschte. Es war ihre Firma, somit war er ihr Angestellter, aber daran musste sie sich erst noch gewöhnen. Rolf und sie waren jedoch nach reiflicher Überlegung zu dem Schluss gekommen, dem Personal von der Veränderung der Firmenstruktur nichts mitzuteilen. Schließlich verstand Karen überhaupt nichts von der Branche. Sie war mit Leib und Seele freischaffende Künstlerin.

Nach kurzer Überlegung willigte Karen ein. Eigentlich, so bemerkte sie jedoch, wäre das Angebot mit dem *Du* aber Frauensache.

Mike lachte nur. „Ich denke, Ihr Frauen wollt emanzipiert sein?"

„Na, und wie ist das mit dem Körbe schleppen?", konterte Karen. „Wie verhält es sich denn in diesem Fall mit der Emanzipation?"

„Also, das nenne ich Hilfsbereitschaft und pure Höflichkeit einer Dame gegenüber." Mike war schließlich nicht auf den Kopf gefallen.

Nach kurzer Plänkelei gingen beide wieder an ihre Arbeit. Während Mike inzwischen das dritte Zaunelement in Angriff nahm, füllte sich die Arbeitsplatte der Küche mit Töpfen voller Apfelmus und unzähligen Gläsern Gelee in verschiedenen Geschmacksvariationen. Mal gab es Gelee mit Zitronenmelisse, eine nächste Sorte mit Calvados und dann, was ganz besonders lecker war, mit Ingwer und Weinbrand.
Karen war bekannt für ihre Kreativität. Der Winter war lang. Die Söhne und Freundinnen freuten sich über selbstgemachte Weihnachtsgeschenke. Das war echter Lohn für die ganze Mühe.
Zwischendurch musste immer wieder der Abwasch erledigt werden. Es würde sicherlich spät werden am heutigen Tage. Denn morgen schon würde neues Fallobst auf dem Boden liegen, das verarbeitet werden musste. Stöhnend machte sie sich an den zweiten Korb Äpfel, tröstete sich aber sofort wieder mit dem Gedanken, dass diese Plackerei am Freitag beendet wäre.
Inzwischen war es kurz vor 18 Uhr. Karen hatte nicht bemerkt, wie die Zeit vergangen war. Mike war im Garten nicht mehr zu entdecken. Sie

vermutete ihn bereits auf dem Heimweg und dachte enttäuscht, er wäre grußlos gegangen.

„Suchst du mich?"

Karen errötete, als sie Mike im Türrahmen stehen sah. „Wie lange beobachten Sie mich schon?"

„Ach, eine ganze Weile. Ich habe früher immer gerne bei meiner Mutter in der Küche gestanden und zugeschaut. Das duftet hier vielleicht lecker. Ich bekomme schon wieder Hunger."

Karen drückte dem Strahlemann ein Glas Gelee mit Calvados in die Hand. „Hier, für das Feierabendbrötchen. Aber nicht gleich auffuttern. Das ist kostbare Handarbeit."

„Ich dachte, wir waren schon beim *Du* gelandet."
„Tut mir leid", meinte Karen leichthin. „Ich gewöhne mich schon noch daran. Machst du jetzt Feierabend?"

„Ja, und morgen komme ich schon um 8.00 Uhr in der Früh. Die Hitze hier an der Südseite ist ja nicht zum Aushalten. Vielleicht baue ich die Elemente morgen aus und male im Keller. Das ist bestimmt viel angenehmer als in der Sonne. Mir ist schon ganz schwummerig im Kopf von dem intensiven Farbgeruch."

„Du bist ganz schön vorangekommen mit deiner Arbeit", bemerkte Karen und dachte dabei, dass es schade wäre, wenn er morgen bereits fertig würde. Dann sähen sie sich bestimmt vorerst nicht wieder.

„Keine Sorge, ich brauche noch die ganze Woche". Es war, als hätte Mike ihre Gedanken erraten. Karen drehte sich zu ihrer Arbeit.

„Wie alt sind Sie, bist du eigentlich?" fragte sie.

„Ich gehöre zu dem guten 65er Jahrgang", meinte Mike leichthin. „Super Sommer, also Sunnyboy. Wieso willst du das wissen."

„Na vielleicht, um zu planen, wie viele Körbe Äpfel ich dir morgen zum Schleppen geben kann. Du erwähntest vorhin, dass du ins Fitness-Studio gehst. Ich denke, ich kann dir aus diesem Grund allerhand mehr zutrauen. Seit wann arbeitest du eigentlich für Rolf?"

„Ach, eine ganze Weile schon. Vielleicht sind es inzwischen neun Monate. Rolf sagt mir immer Bescheid, wenn er einen Hiwi braucht."

„Was bitte ist ein Hiwi?"

„Na, ein Hilfswilli oder Hilfswilliger. Ich habe momentan keinen festen Job. Bin froh, wenn ich ab und an ein paar Euros dazu verdienen kann."

„Wie gut, dass wir momentan viele große Aufträge haben. Ich denke, wir werden uns des Öfteren sehen."

„Kann schon sein. Ich arbeite gerne für Rolf. Er ist ein toller Chef und ich lerne viel von ihm. Aber ich will keinen festen Arbeitsvertrag. Das ist nichts für mich. Lieber will ich etwas mit Sport machen. Ich leite Tauchkurse und verbringe sehr viele Stunden im Fitness-Studio. Das ist meine Berufung, sonst nichts. Also dann, Tschüss bis morgen. Und denke an den Apfelkuchen." Und schon war Mike verschwunden.

Während Karen versuchte, der vielen Äpfel Herr zu werden, schweiften ihre Gedanken immer wieder ab zu Mike, diesem umwerfend aussehenden Typen. Sie fühlte sich um Jahre jünger und wie um alle Finger gewickelt. Laut spürte sie ihren Herzschlag und die Röte brannte in ihrem Gesicht. Hoffentlich hat er nichts bemerkt, dachte sie bei sich. Wäre sie nur ein wenig schlanker und jünger, sie hätte sich sofort an ihn herangemacht. Aber so?
Das wäre nun doch peinlich! Schließlich war sie keine fünfzehn mehr und 13 Jahre älter als er. Aber - was für ein Mann!

Auch als Karen Stunden später erschöpft vom vielen Arbeiten im Bett lag, umspielte noch immer ein Lächeln ihre Lippen und ihre letzten Gedanken gehörten Mike.

Die nächsten zwei Tage verliefen wie der erste.
Mike und Karen nahmen miteinander die Mittagsmahlzeiten ein und genossen leckeren Apfelkuchen zur Kaffeestunde. Sie lachten und scherzten. Die Arbeit ging beiden flott von der

Hand. Mike war fleißig und schnell bei der Arbeit. Karen bedauerte, dass die Zeit so schnell vorüber gegangen war.

„Schade", meinte sie, als Mike in die Küche kam, um sich zu verabschieden. „Das waren herrliche Stunden mit dir. Ich habe lange nicht mehr so viel gelacht und gescherzt. Du wirst mir fehlen."
Offen sah sie in seine ruhigen Augen.

„Das kann ich nur bestätigen", meinte er lächelnd. „Es ist lange her, dass ich mich mit einer Frau habe so gut unterhalten können."

Beide vereinbarten die Gehaltsauszahlung für Samstagmittag. Gedankenverloren schaute Karen hinter ihm her.
In den folgenden Tagen ertappte sie sich immer häufiger bei Träumereien und Phantasien. Der gutaussehende Mike ging ihr einfach nicht mehr aus dem Sinn. Wehmütig dachte sie an sein lachendes Gesicht, die Freude, mit der er seine Arbeit erledigte, die Bewunderung in seinen Augen, wenn er mit ihr gemeinsam in der Küche saß.

In den folgenden Wochen trafen sich beide häufiger in der Kleinstadt, als Karen es für möglich gehalten hatte. Ob im Supermarkt, auf dem Wochenmarkt, beim Spazierengehen am kleinen Fluss, der beschaulich durch den Ort floss, das Schicksal führte sie immer wieder zusammen. Karen spürte ihr Herz kräftig pochen.

Sie hatte sich verliebt und fühlte sich wie ein junges Mädchen.

Am späten Nachmittag, wenn sie gezielt ihre Schritte Richtung Fitness-Studio lenkte, erhoffte sie sich jedes Mal, Mike auch dort kurz sehen zu können. Dann wiederum verkroch sie sich mit Selbstvorwürfen beladen und schimpfte sich eine schlechte Ehefrau und Firmenchefin, die mit ihrer Wankelmütigkeit ihre Ehe in Gefahr brachte. Aber dennoch wuchs die Sehnsucht in ihrem Herzen nach dem blondgeschopften sportlichen Mike, der so herrlich erzählen und lachen konnte.

„Mike hat mich heute versetzt." Rolfs Stimme klang besorgt am Telefon. „Er sollte heute zur Baustelle kommen, ich brauche ihn dringend. Bitte versuche, ihn zu erreichen. Wenn du ihn am Telefon nicht erreichst, dann fahre doch bitte zu seiner Wohnung und schau mal nach, ob alles in Ordnung ist."

„Also bitte, warum sollte ich zu seiner Wohnung fahren? Mike wird sich schon melden. Vielleicht ist sein Auto nicht angesprungen oder er hatte eine Panne. Sicherlich trudelt er gleich bei dir ein."

„Bitte, Karen, tu was ich dir gesagt habe. Ich habe dir nicht alles von Mike erzählt. Er hat ein schweres Drogenproblem. Kann sein, dass etwas nicht stimmt mit ihm. Bitte schau mal kurz nach. Er ist immer zuverlässig. Ich bin besorgt, kann aber hier nicht weg. Und schließlich bist du die Chefin."

Das allerdings war ein Argument, dem Karen sich nicht widersetzen konnte. Also schwang sie sich auf das alte Fahrrad und fuhr zu Mikes Wohnung. Auf ihr Klingeln hin rührte sich jedoch nichts.

„Wollen Sie zu Mike?"

Karen fuhr erschrocken herum. Aus der Nachbarwohnung schaute ein dunkelhäutiger Mann neugierig auf die ihm Unbekannte.
„Ja, er hat heute einen Arbeitstermin und ist nicht gekommen. Ich wollte mal nachsehen, was los ist."

„Mike ist letzte Nacht per Notarzt in die Klinik gekommen. Sieht schlecht aus. Ich glaube, der schafft es nicht mehr. Der hat ja nicht einmal mehr geatmet."

„Um Himmels Willen. Ist das wirklich wahr? Was ist denn geschehen?"

„Na, ich habe doch selbst den Notarzt gerufen. Die Tür zu Mikes Wohnung stand offen und er lag da am Boden."

Karen schaute verwirrt zu dem Fremden. „Ich rufe erst einmal auf der Baustelle an", meinte sie nur stockend. „Und dann fahre ich in die Klinik. Vielleicht erhalte ich nähere Auskunft."

Als Karen ihrem Mann die Hiobsbotschaft überbrachte, war dieser total am Boden zerstört.

„Pass auf, Karen, wir fahren heute Abend gemeinsam in die Klinik. Ich glaube, ich muss dem Mike mal gehörig den Kopf waschen. Er hat es wohl bitter nötig. Meine Güte, was für ein Narr. Dabei brauche ich ihn dringend. Und das wusste er auch. Ich muss wissen, ob ich überhaupt noch mit ihm rechnen kann. Immer wieder macht er Sperenzchen. Verdammt, nun muss ich mir einen anderen Hiwi suchen."

Kurz vor Ende der Besuchszeit trafen Karen und Rolf im Krankenhaus ein.

„Tut mir leid, ich kann Ihnen keine Auskunft geben", meinte die Stationsschwester energisch. „Wer sind Sie überhaupt?"

„Ich bin seine Freundin!" Die Lüge war ihr über die Lippen gehuscht, als sei sie reine Wahrheit.

„Ach so, dann kommen Sie mal mit." Verständnisvoll schaute die Schwester die aufgeregte Karen an. „Herr Bremer liegt immer noch auf der Intensivstation und ist noch nicht wieder bei Bewusstsein. Es sieht schlimm aus um ihn. Wir wissen noch nicht, ob er durchkommt. Und Sie bleiben bitte hier!"

Diese Aufforderung galt Rolf, der perplex seine Frau anstarrte, dann aber grinste.

„Nun kommen Sie schon. Herr Bremer ist zwar nicht ansprechbar, aber Sie können eine kleine Weile bei ihm sitzen. Reden Sie mit ihm, vielleicht kommt er wieder zu sich, wenn er eine vertraute Stimme hört. Und bitte sagen Sie Ihrem Freund, dass er es beim nächsten Mal nicht mehr schaffen wird. Er ist zu weit gegangen dieses Mal. Wie halten Sie das bloß mit ihm aus?"
Kopfschüttelnd ließ die Stationsschwester Karen an Mikes Bett zurück. Vorsichtig setzte sie sich auf die Bettkante, sah die Blässe in Mikes Gesicht und Tränen traten in ihre Augen. Ganz sanft berührte sie seine kalte Hand und besah sich die vielen Schläuche, die mit einem blinkenden Apparat verbunden waren.

„Was machst du bloß für einen Mist", flüsterte sie.

Mike öffnete leicht die Augen und schaute erstaunt in Karens Gesicht. „Du? Was machst du denn hier?" Er lächelte schwach.

„Gott sei Dank, du bist wieder wach. Was machst du bloß für Sachen. Rolf wartet draußen. Wir mussten einfach nach dir sehen." Aber Mike hörte ihre Worte nicht mehr. Erschöpft war er schon wieder eingeschlafen.

„Bitte kommen Sie morgen wieder." Die Stimme der Stationsschwester durchdrang die Stille. „Dann wissen wir auch mehr. Keine Sorge, wir bringen Ihren Freund schon wieder auf die Beine. Es ist ja nicht das erste Mal. Aber in diesem Jahr

treibt er es einfach zu arg. Er müsste einen Entzug machen, sonst ist es zu spät. Er scheint jedoch nicht sehr an seinem Leben zu hängen. Sie tun mir wirklich leid."
Verwirrt verließ Karen das Zimmer und eilte zu Rolf, der sie grinsend in Empfang nahm. Als er jedoch die Tränen in Karens Augen entdeckte, nahm er sie tröstend in die Arme.

„War es denn so schlimm?" Besorgt wiegte er sie leicht hin und her. Er wusste um die Empfindsamkeit seiner Frau. Karen konnte keinen Regenwurm leiden sehen.

„Ich glaube, er ist über den Berg, Rolf. Er hat mich kurz angesehen. Aber dann ist er gleich wieder eingeschlafen. Ich soll morgen wiederkommen, denn er benötigt dringend Waschzeug und frische Wäsche. Vielleicht gibt er mir den Schlüssel zu seiner Wohnung."

Zu Hause angekommen, zog Karen sich in ihr Arbeitszimmer zurück. Sie zündete eine Kerze an und begann zu beten. Sie betete inbrünstig für Mikes Leben. Sie bat Gott um Vergebung dafür, dass sie sich in diesen Mann verliebt hatte und dass sie in Gedanken untreu geworden war. Sie wusste, dass vor Gott nichts verborgen blieb.

„Bitte Vater, hilf ihm. Er ist doch noch so jung. Er hat Dummheiten gemacht, aber bitte lasse ihn leben und seine Sucht überwinden. Gib ihm noch eine Chance. Ich habe nichts außer diesem Gebet, meinen Gefühlen und meiner Liebe zu ihm. Bitte nimm dieses alles als Opfer an, denn mehr kann ich dir dafür nicht geben. Hauptsache ist, dass Mike lebt."

Tränen strömten bei diesem innigen Gebet unaufhörlich aus ihren Augen. So konnte sie unmöglich zu Rolf ins Wohnzimmer gehen. Sie arbeitete noch eine Weile am Computer, bevor sie sich endlich schlafen legte.

Am nächsten Morgen fuhr Karen sofort nach dem Frühstück in die Klinik. Wie froh war sie, als die Stationsschwester ihr berichtete, dass es Mike wie durch ein Wunder besser ginge und man ihn von der Intensivstation bereits in ein normales Zimmer verlegt hatte. Karen konnte es kaum fassen. Mike hatte es geschafft und war über den Berg. Sie betrat das Krankenzimmer, setzte sich eine Weile zu ihm und sah ihm beim Schlafen zu.

Von nun an besuchte sie Mike täglich in der Klinik. Selbstverständlich hatte sie den Schlüssel zu seiner Wohnung erhalten und was sie an gewünschten Sachen dort nicht fand, kaufte sie von ihrem ersparten Geld. Viel hatte sie nicht, aber sie gab es gerne. Hauptsache, ihm würde es im Krankenhaus an nichts fehlen.
Sie redeten wenig miteinander. Meist saß Karen nur am Rand des Bettes und erzählte kurz von der Arbeit und den kleinen Ereignissen, die sich in der Kleinstadt ereignet hatten. Mike schlief sehr viel, er war immer noch sehr schwach. Doch dann kam der Tag, an dem Mike ihr

entgegenkam, als sie mittags das Krankenzimmer betrat.

„Ich wollte gerade nach draußen und eine Zigarette rauchen gehen."
Mikes Stimme klang kräftig, sein Gang jedoch war sehr wackelig. „Magst du mich durch das Treppenhaus begleiten? Ich traue mir das noch nicht wieder zu."

„Meinst du wirklich, dass du jetzt rauchen solltest?" Karen schaute Mike fragend und beinahe fassungslos an.

„Klar. Ich habe richtig Lust darauf." Und schon lief er, auf Karens Schulter gestützt, den Korridor entlang, Richtung Treppenhaus.

An der frischen Luft blühte Mike sichtlich auf. Dennoch bat er kurz darauf, wieder in sein Zimmer gebracht zu werden. Die letzten Schritte schienen doch ein wenig zu viel zu sein. Besorgt sah Karen zu ihm auf.

„Die Ärzte haben gesagt, dass ich voraussichtlich am Montag entlassen werde. Bringst du mir bitte morgen eine frische Jeans, T-Shirt und nochmals Unterwäsche mit. Bitte gieße auch meine einzige Blume und lüfte kräftig durch. Neben dem Telefon liegt ein zweiter Schlüssel. Den nehme bitte an dich. Ich möchte, dass du einen Schlüssel zu meiner Wohnung hast, auch wenn ich wieder zurück bin. Man kann ja nie wissen."

Mike nahm Karen zum Abschied liebevoll in seine Arme. Tief blickte er in ihre Augen, um dann mit ungeahnter Zärtlichkeit einen Kuss auf ihre nackte Schulter zu hauchen. Ein tiefes Glücksgefühl ließ Karen erzittern. Schnell und total verwirrt floh sie aus dem Zimmer. Sie hetzte die Treppen nach unten und fiel erschöpft in den Sitz ihres alten Autos.

Glühende Hitze durchströmte sie in vollen Zügen. Mike schien tatsächlich etwas für sie zu empfinden. Ein Kuss auf die Schulter, welch eine Intimität. Heiß raste dieses unbeschreibliche Gefühl durch ihren Körper. Nach einer Weile hatte sich Karen beruhigt. Sie fuhr direkt zu Mikes Wohnung, suchte die gewünschte Bekleidung zusammen, legte ein frisches Handtuch bei, goss das kleine armselige Blümchen auf der Fensterbank, lüftete und eilte dann nach Hause, die angefallene Hausarbeit zu erledigen.
Sie stürzte sich regelrecht in die Gartenarbeit, die bei sommerlicher Hitze nicht gerade einfach zu bewältigen war, mähte den Rasen, schnitt die abgeblühten Stauden und putzte gegen Abend noch einige Fenster. Sie war rechtschaffen müde, als Rolf abends nach Hause kam.

Rolf liebte lange Fernsehabende. Bevor er es sich im Wohnzimmer gemütlich machte, konnte Karen ihm noch schnell die Neuigkeiten des Tages erzählen. Den Kuss verschwieg sie natürlich. Sie setzte sich eine Weile zu ihm auf die Couch, doch ging sie kurze Zeit später alleine ins Bett. Rolf würde wie immer bis weit nach Mitternacht vor

dem Fernseher sitzen und einen Krimi nach dem anderen anschauen. Meist schlief er dabei ein und dann fehlte ihm die Kraft, aufzustehen und ins Bett zu gehen. Morgens war er dann meist wortkarg und unausstehlich.
Am nächsten Tag führte Karens erster Weg direkt in die Klinik. Voller Erwartung und Freude betrat sie sein Zimmer, fand aber nur ein leeres Bett vor. Im Schwesternzimmer erhielt sie den Hinweis, dass Herr Bremer an diesem Tag keinen Untersuchungstermin hätte und sich wohl im Café aufhalten würde. Tatsächlich, an einem kleinen Tisch nahe dem Fenster saß Mike lachend und fröhlich flirtend mit einer jungen, schlanken, dunkelhaarigen Schönheit. Karens Besuch schien ihm irgendwie peinlich zu sein. Zögernd stand er auf und ging auf sie zu. Nicht einmal die Hand gab er ihr zur Begrüßung. Sie fühlte sich wie eine Fremde.
„Ich habe dir deine Wäsche ins Zimmer gestellt", meinte sie unsicher.

„Danke, das ist nett von dir." Mike war absolut verändert. „Ich glaube, es ist jetzt an der Zeit, dass ich wieder alleine klar komme. Ich entlasse dich hiermit. Ab morgen brauchst du dich nicht mehr um mich zu kümmern. Wäsche habe ich jetzt genug und Montag bin ich wieder draußen. Nochmals vielen Dank für alles." Mike drehte sich abrupt um und ging zurück an den Tisch mit der jungen Frau, ohne sich noch einmal umzudrehen.

Karen fühlte sich wie erstarrt. Ihr war, als hätte sie gerade einige Ohrfeigen ins Gesicht bekommen. Fassungslos drehte sie sich um. Jetzt bloß nicht die Beherrschung verlieren. Mit schleppenden Schritten erreichte sie ihr Auto. Zitternd schloss sie die Tür auf und ließ sich in den Sitz fallen. Sie weinte und konnte damit nicht mehr aufhören.

„Der Mohr hat seine Schuldigkeit getan, der Mohr kann gehen!" Dieses alte Sprichwort durchfuhr sie heiß und schmerzvoll. Der Satz lief durch ihren Kopf und sie fühlte sich wie in einem Gedankenkarussell. Wie lange sie in ihrem Auto gesessen haben mochte, wusste sie später nicht genau. Menschen gingen vorüber und schauten betroffen auf die weinende Frau. Keiner jedoch wagte zu fragen, ob sie Hilfe benötigte. Wer weinend aus dem Krankenhaus kommt, der hat zumindest eine schlechte Nachricht erhalten, so dachten sie bestimmt.

In den nächsten Tagen fühlte Karen sich wie betäubt. Sie verkroch sich hinter Bergen von Arbeit, um nicht an Mike und die Schmach des letzten Abschieds denken zu müssen. Irgendwann tat es dann nicht mehr so weh. Die Tage kamen und gingen, alles war einerlei. Nie wieder würde sie ihr Herz für einen anderen Mann oder die Liebe öffnen. Sie würde weiterhin treu und brav ihre Rolle als vorbildliche Ehefrau und Chefin leben. Mehr nicht.
Viele Monate später erst wurde ihr die Tragweite ihres Gebetes bewusst. Sie hatte Gott ein Opfer angeboten für das Leben von Mike. Sie hatte versprochen, ihre Liebe für sein Leben zu opfern.

Wie hatte sie das nur vergessen können. Jetzt war er gesund. Sie durfte nicht länger festhalten an ihren Gefühlen. Jetzt war es an ihr, sich endlich auch innerlich von Mike zu lösen.
Einige Wochen später schrieb Karen einen langen Brief an Mike, fügte seine Wohnungsschlüssel hinzu und warf beides in seinen Briefkasten. Irgendwann, so wusste Karen, würde auch der letzte Schmerz vergehen. Bis dahin musste sie durchhalten.

Noch Jahre später fragte sie sich, warum sie überhaupt ein solches Versprechen gegeben hatte. Gott hätte sicherlich aus reiner Liebe, Barmherzigkeit und Güte geholfen. Er hätte kein Opfer gebraucht, geschweige denn, von ihr gefordert.

Karen blieb auf Distanz zu Mike und mied regelrecht seine Nähe. Das Herzklopfen, das sie auch heute immer noch spürt, wenn sie ihn sieht, kann er zum Glück nicht hören...

Donnerhall

Waltraut saß in ihrem Arbeitszimmer und kaute gedankenschwer an ihrem Kugelschreiber. Den ganzen Vormittag hatte sie über Scheidung und Neubeginn nachgedacht.

Achtzehn lange Jahre hatte sie mehr neben als mit ihrem Mann Klaus gelebt. Bereits kurz nach der Hochzeit zeigte er sein wahres Gesicht. Er war ein schöner eleganter Mann, flirtete gerne und ging genau so gerne in Bars und Kneipen. Natürlich ohne seine Frau. Er genoss den Alkohol mehr, als gut für ihn war und ließ die Haus- und Gartenarbeit gerne von seiner Frau erledigen. Mithilfe kam nicht in seinen Sinn. Im Gegenteil.
Er behandelte sie in den letzten Jahren mehr und mehr wie eine Dienstbotin. Waltraut nahm es hin, oder besser gesagt, sie ertrug diesen Zustand und litt still vor sich hin.
Auseinandersetzungen mit Klaus waren meist recht unschön und laut, denn er konnte sehr schnell seine Beherrschung verlieren. Nein, er schlug sie nicht, aber tagelanges Schweigen war Psychoterror genug.

Eines Tages ging Waltraut zielstrebig mit gepackter Reisetasche zum Bahnhof, kaufte ein Ticket und fuhr nach Göttingen. Am Rande der wunderschönen Altstadt hatten Waltraut und Klaus vor vielen Jahren eine kleine Eigentumswohnung gekauft. Sie liebte die romantischen Fachwerkhäuser, die gediegenen Geschäfte, den Trubel in den Einkaufsstraßen.

Zahlreiche Studentencafés und –kneipen holten die Jugendlichen in die Stadt und füllten sie mit Leben. Außerdem gab es Theater, Kunst und viele kulturelle Veranstaltungen.
Lange Zeit hatten es beide genossen, dem dörflichen Leben zu entfliehen und so verbrachten sie viele Wochenenden in ihrer Stadtwohnung.
Aber dann hatte sich Klaus verändert. Anfangs glaubte Waltraut, es gäbe eine andere Frau in seinem Leben. Aber weit gefehlt. Es war der Alkohol, der ihn betörte. Und es wurde immer mehr.

Nach dreistündiger Bahnfahrt kam Waltraut endlich in Göttingen an. Nur zwei Straßen entfernt stand das zweckmäßig gebaute klotzartige Mietshaus, das äußerlich überhaupt keine Besonderheiten aufzuweisen hatte.
Aber im vierten Stock dieses unscheinbaren Hauses befand sich ein kleines Paradies, ihre liebevoll eingerichtete 2-Zimmer-Wohnung mit großartigem Blick Richtung Altstadt und Kirche. Waltraut stellte ihre Tasche ab und eilte in den nahen Supermarkt, um ein paar Leckereien für ein Verwöhn-Menü am Abend zu kaufen.

Schon am übernächsten Tag hatte sie in diesem Supermarkt Florian getroffen. Das Wort „getroffen" konnte man wörtlich nehmen, denn sie trafen sich mit Krach und Getöse, als sie in einem der langen Gänge mit ihren Einkaufswagen scheppernd zusammen- stießen. Florian fing sich als erster und fragte lachend, ob er auf diesen Schrecken einen Kaffee ausgeben dürfe.

Waltraut verliebte sich sofort in seine graugrünen Augen und sagte ohne Umschweife zu. Bereits nach kurzer Zeit redeten sie sich vertraut mit dem Vornamen an und dann verabredeten sie sich für den Abend ins Kino.

Es ist schon eigenartig, wie sehr ein romantisch kitschiger Liebesfilm auf die Gefühle zweier reifer Menschen wirken kann. Auf jeden Fall landeten die beiden Frischverliebten anschließend auf ein Glas Wein in Florians Wohnung. Und dort erlag Waltraut diesem leidenschaftlichen Mann, der die vernachlässigte sehnsuchtsvolle Frau mit zärtlichen Worten und Einfallsreichtum umwarb und beglückte.

Von diesem Tag an trafen sich Florian und Waltraut meist alle vierzehn Tage. Wochen und Monate vergingen. Klaus fragte nicht, warum und wieso seine Frau so oft nach Göttingen fuhr. Finanziell ging es ihnen sehr gut. Sollte sie doch ins Theater gehen, so oft sie wollte. Er hatte keine Lust dazu. So lange die Arbeit daheim erledigt wurde, vermisste er Waltraut nicht. Die Tage waren mit Arbeit ausgefüllt. An den Wochenenden traf er sich beim Fußball und anschließend in der Kneipe mit seinen Freunden. In der übrigen Zeit saß er vor dem Fernseher oder schlief. Sollte sie doch glücklich sein und ihn in Ruhe lassen. Klaus genoss die freien Wochenenden und den Alkohol in vollen Zügen.

Es war nicht verwunderlich, dass Florian eines Tages feierlich bat, Waltraut möge doch endlich

einen Schlussstrich unter ihre Ehe setzen und zu ihm nach Göttingen ziehen. Doch sie hatte starke Bedenken. Schließlich hatten sich beide kirchlich trauen lassen und das Versprechen gegeben:
„In guten wie in schlechten Tagen, bis dass der Tod euch scheidet."
Was würde passieren, wenn sie dieses Versprechen auflösen würde. Es wäre eine unverzeihliche Sünde. Sie grübelte tage- und nächtelang. Sie suchte in der Bibel, doch fand sie keine Erlösung. Schließlich siegte der anerzogene Glaube und sie beschloss, die Beziehung zu Florian zu beenden. Waltraut ging mühsam und schweren Schrittes die Treppe zu ihrem Zimmer empor, setzte sich an den kleinen weißen Schreibtisch, nahm ihren silbernen Füllfederhalter und begann zu schreiben:

Lieber Florian,
ich weiß, dass dir dieser Brief sehr wehtun wird. Aber sei sicher, mir fällt es sehr schwer….

Weiter kam sie nicht. Ein unheimlich lauter Donnerknall ließ das Haus erzittern. Ein Beben durchlief ihren Körper. Angst erfüllte sie vom Kopf bis zu den Zehenspitzen. Waltraut stand auf, schaute aus dem Fenster und sah in einen strahlend blauen Himmel.
War dieser Donner ein Zeichen des Himmels? Zürnte Gott mit ihr? Machte sie gerade einen großen Fehler?
Fassungslos fiel sie auf die Knie und betete laut: *„Dein Wille geschehe."* Tränen liefen dabei über ihre Wangen.

Dann zerriss Waltraut den begonnenen Brief in winzig kleine Fetzen. Sie wollte im strahlenden Sonnenschein einen Spaziergang in den nahen Wald machen und noch einmal über alles nachdenken.
Sie war kindlich und ursprünglich in ihrem Wesen. In allen Dingen sah sie Zeichen und Wunder. Sie gehörte zu den Menschen, die an Einhörner, Wolkenengel, Elfen und Zwerge glaubte. Und sie konnte mit der Wünschelrute ebenso gut umgehen, wie andere mit einem Schraubendreher.

Sie betete täglich und bat oftmals um Wunder und Fügungen. Und nun dieser Donnerschlag! Sie durfte und sollte nicht länger in ihrer Ehe bleiben. Erst am Sonntag hatte sie in der Predigt des neuen Pfarrers einen Hinweis erhalten:

„Sehet die Vögel unter dem Himmel an, sie säen nicht, sie ernten nicht, sie sammeln nicht in die Scheunen , und euer himmlischer Vater nährt sie doch."
(Matthäus 6:26, Luther Bibel 1912)

Konnte sie es wagen, in eine unsichere Zukunft zu gehen? Würde Klaus ihr den nötigen Unterhalt zahlen, bis sie eine Arbeit gefunden hatte?
Waltraut trat vor die Haustür. Gleißendes Licht strahlte ihr entgegen. Vor dem Grundstück traf sie ihre Nachbarin.

„Guten Morgen, Inge", sagte sie betont fröhlich.
„Na, das war ja ein Gewitterschlag! Ich habe mich fast zu Tode erschreckt."

„Wieso?" Inge war erstaunt. „Ich war bis eben im Garten. Da war nichts!"

„Ja, war es denn ein Überschall-Flieger?"

„Nein, ich sagte doch, es war absolut ruhig. Was hast du denn bloß gehört? Ist eure Heizung explodiert?"

Voller Entsetzen starrte Waltraut ihre Nachbarin an, rannte ins Haus, die Kellertreppe hinunter und hinein in den Heizungsraum. Aber dort war alles in Ordnung. Ein leises Summen war zu hören, das ganz normale Betriebsgeräusch der Heizung.

An diesem Tag verließ Waltraut ihre langjährige Ehe. Sie ging hinein in eine unbekannte Zukunft und ließ alles hinter sich.

Ob sie heute glücklich ist – wer weiß!

Angst

Schneeflocken tanzten in der eisigen Kälte einer Dezembernacht. In der Wärme des gemütlichen Wohnzimmers stand Veronika und schaute angestrengt aus dem Fenster hinaus auf die Straße, die an ihrem Haus vorbeiführte. Die Fahrbahn war schneebedeckt. Nur wenige Autos fuhren so spät noch durch die Dunkelheit. Es war kurz vor Mitternacht. Lasse, der achtzehnjährige Sohn, war seit Stunden überfällig. Vor kurzem hatte er seine Führerscheinprüfung bestanden. Heute, am Samstagnachmittag, wollte er mit seinem Freund Christoph zum Weihnachtsmarkt nach Kassel fahren. Um 20.00 Uhr wollten beide wieder zurück sein…
Lasse war ein verantwortungsbewusster junger Mann. Veronika konnte sich in allen Lebenslagen auf ihn verlassen. Zum Abschied hatte er ihr wie immer einen liebevollen Kuss auf die Wange gegeben.

„Mach dir keine Sorgen, Mama. Ich fahre vorsichtig. Du kennst mich doch. Und ich trinke auch keinen Glühwein! Alkohol am Steuer ist für mich tabu. Schließlich trage ich die Verantwortung für zwei Personen. Und du brauchst mich schließlich auch noch. Also bis später."
Lächelnd hatte sie hinter ihm her gewinkt.

Am späten Nachmittag hatte Schneetreiben eingesetzt. Der Wetterbericht hatte nichts davon angekündigt. Veronika fing an, sich Sorgen zu machen, wie es wohl jede Mutter macht, wenn ihre Söhne und Töchter auf der Straße sind und noch keine Fahrpraxis besitzen. Wie leicht ist man beim Autofahren abgelenkt. Und dann das viele Wild, das in den nahen Wäldern des Nachts die Straße kreuzte. Nur nicht darüber nachdenken, schalt sie sich.

20.30 Uhr – Lasse war seit dreißig Minuten überfällig. Veronika hörte ihr Herz pochen. Was sollte sie bloß machen. Kurz nach 21.00 Uhr versuchte sie, Lasse per Handy zu erreichen. Der vertraute Klingelton ertönte sanft und leise aus seinem Zimmer. Er hatte vergessen, sein Handy mitzunehmen. Die Nummer von Christoph besaß sie nicht und so blieb ihr nichts übrig, als zu warten.

Um 22.00 Uhr wuchs die Angst. Sie kroch die Beine hinauf. Das Herz holperte und stockte. Veronika spürte in sich nur noch eisige Kälte. Sie ging in die Küche, brühte sich einen Ingwertee auf und wartete. Der seit Stunden eingeschaltete Fernseher war keine Ablenkung.
Bilder flimmerten über die Mattscheibe. Sie bedeuteten nichts, lediglich die Stimmen, die in vielen Nuancen ertönten, verdrängten ein wenig die Einsamkeit.

Wie lange dauert eine Stunde, wenn man wartet? Die Minuten wollten nicht vergehen. Veronika löschte das Licht, stellte sich ihren Stuhl vor das Fenster und schaute unverwandt in die Dunkelheit.

Um 23.00 Uhr war sie mit ihren Nerven am Ende. Ob sie die Polizei anrufen sollte? Lasse war immer zuverlässig. Er hätte sie in jedem Fall angerufen, sollte er eine Panne haben.

Die Zeiger schlichen kaum merklich voran. Irgendwann war es 23.30 Uhr. Verzweifelt zündete Veronika eine Kerze an, nahm ihren Stuhl, setzte sich an den Tisch und betete. Schon als Kind hatte sie beten gelernt, doch im Laufe der Jahre immer weniger Gebrauch davon gemacht. Sie war der Meinung, dass Gott Wichtigeres zu tun hätte, als jedem seine Wünsche zu erfüllen. Schließlich hatte er allen Menschen Verantwortung für das eigene Leben und Schicksal in die Hand gegeben. Aber dieser Situation fühlte sie sich hilflos ausgeliefert. Veronika sprach mit Gott wie mit ihrem Vater. Sie flehte um das Leben ihres geliebten Sohnes.

Nachdem sie geendet hatte, fühlte sie sich von der Schwere der Angst befreit. Veronika schaute in das flackernde Kerzenlicht. Ruhe war in ihrem Kopf und in ihrem Herzen. Wunderbare Ruhe.
Und dann war ihr, als höre sie tief in sich eine Stimme. „Schau aus dem Fenster", sagte diese Stimme. „Das nächste Auto, das den Berg heruntergefahren kommt, siehst du schon von Ferne blinken. Schau genau hin. Es ist dein Sohn, auf den du so sehnsüchtig wartest. Alles ist gut."

Veronika stand sofort auf und ging zum Fenster. Angestrengt schaute sie in die Nacht. Schon sah sie in der Ferne Scheinwerferlicht. Das Blinken

des Fahrzeugs war gut zu erkennen. Das Auto fuhr sehr langsam. Veronika glaubte, ihren Augen nicht trauen zu können, als es auf den großen Parkplatz vor ihrem Haus einbog.
Voller Erleichterung lief sie hinaus in die Kälte, ihrem Sohn entgegen.

„Tut mir leid, Mama", erzählte Lasse wenig später, als die beiden es sich noch für Minuten im Wohnzimmer gemütlich machten. „Es war so schön auf dem Weihnachtsmarkt, dass wir einfach die Zeit vergessen haben. Und als wir dann endlich beim Auto waren, bekamen wir die Tür nicht auf. Ich hatte keinen Türschloss-Enteiser dabei. Da auch Christoph nicht raucht, mussten wir erst jemanden finden, der uns ein Feuerzeug gab. Dabei ging wieder Zeit verloren.

Ich wusste, dass du dir Sorgen machst. Ich wollte dich anrufen, doch zu allem Unglück hatte ich auch noch mein Handy zu Hause vergessen und bei Christophs Handy war der Akku leer. Als wir uns dann endlich auf den Heimweg machten, musste ich sehr langsam fahren. Es war nirgends gestreut und die Straßen waren spiegelglatt. Wir brauchten statt einer Stunde die doppelte Zeit. Oh Mama, es tut mir wirklich leid, aber schneller ging es nicht."

„Ist schon gut, Lasse. Lass uns jetzt schlafen gehen. Ich bin nur froh, dass du heil und unversehrt wieder zu Hause bist. Das alleine zählt."

Vor dem Einschlafen ließ Veronika die letzten Stunden vor ihrem inneren Auge noch einmal vorüberziehen, ihre Angst, ihre Sorge und das Gebet. Voller Dankbarkeit glitt sie in einen tiefen traumlosen Schlaf.

Dass sie eine Antwort bekam von dieser inneren Stimme, die ihr vertraut aber doch fremd war, hat sie ihr ganzes Leben lang nicht mehr vergessen.

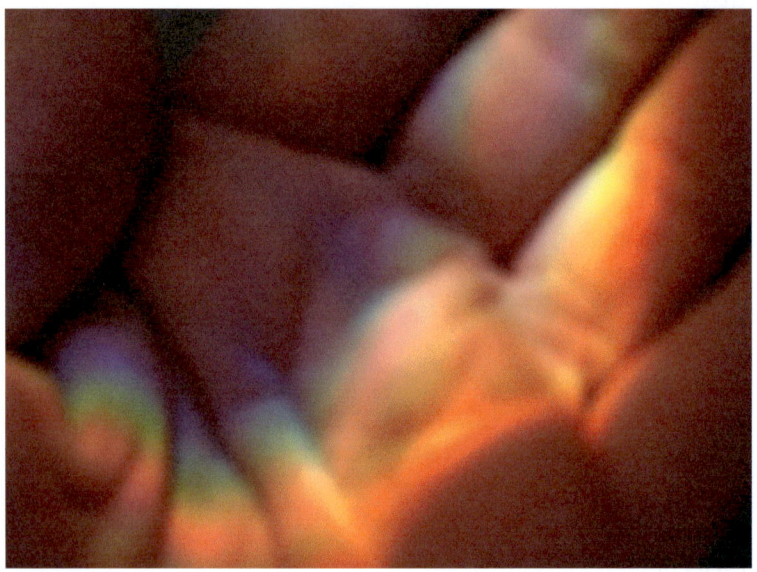

In meiner Hand ein Regenbogen….

Herbstgold

Der Sommer endete in lichten warmen Tagen. Die Temperaturen lagen weit über 25 Grad im Werratal und ich lief mit meiner treuen Hündin Kita durch den vom Tau glitzernden Morgen. Die letzten Tage waren von finanziellen Sorgen geprägt. Meine Galerie und Malschule hatte seit vier Wochen keinen einzigen Besucher zu verzeichnen. Mag sein, dass alle Urlauber und Kurgäste ihr Geld in den zahlreichen Eisdielen und Gasthäusern gelassen hatten, mag auch sein, dass niemand an warmen Sommertagen Lust hatte auf einen Galeriebesuch. Sicherlich war es wesentlich erfrischender, sich im nahen Soleschwimmbad abzukühlen. Für mich war das Geld dermaßen knapp, dass ich nicht mehr wusste, wovon ich für mich und meine Hündin Kita zu essen einkaufen sollte. Wie ich die Ladenmiete und die laufenden Kosten zahlen sollte, stand für mich an diesem wunderschönen Septembertag ebenfalls in den Sternen.

Während ich sorgenvoll den Kopf gesenkt hatte und durch die noch feucht schimmernden Wiesen lief, trottete Kita eben so lustlos neben mir her. Der Weg führte eine kleine Anhöhe hinauf. Plötzlich war sie da, die goldene Sonne. Sie stand schräg vor mir, blinzelte durch den aufsteigenden Tau und tauchte die ganze Landschaft in gleißendes Licht. Ergriffen von dieser Pracht und Schönheit blieb ich stehen und ließ meinen Blick weit über die Felder schweifen. Die Gräser leuchteten märchenhaft silbrig, goldener

Schimmer lag auf dem Acker neben mir. Blätter strahlten in Gold und Gelb an Büschen und Bäumen. Das farbig gesprenkelte Laub der Pappeln lag mir zu Füßen. Es war windstill. Der breite Graben am Wegesrand führte nur wenig Wasser. Die Oberfläche kräuselte sich leicht und ließ kleine Lichter tanzen.

Ich sah den Reichtum dieser von mir innig geliebten Landschaft, zog mein Notizbuch und einen kleinen Stift aus der Hosentasche und schrieb folgende Gedanken:

Herbstgold
Goldstaub auf meinem Weg –
Lichtdurchflutet schimmert der Acker in purem Gold –
Kupfergold leuchten die welkenden Gräser –
Silbergold liegt auf den Wellenspitzen des Wassers.
Ich gehe durch pures Gold
hinein in das Leuchten der Morgensonne

Ich lenkte die Schritte Richtung Werra durch ein wunderschönes Naturschutzgebiet. Meine Hündin lief brav neben mir an der Leine. Wir waren inzwischen fast eine Stunde unterwegs. Diese große Runde liefen wir nur selten, doch an diesem Morgen brauchte ich einfach Zeit, um mich von meinen schweren Gedanken zu lösen. Ich genoss es, weit und breit keinen einzigen Spaziergänger zu sehen. Die Einsamkeit tat mir gut. Zwischen zwei großen Wiesen führte ein Trampelpfad zu einer großen eingezäunten Streuobstwiese. Im Schatten der alten Bäume grasten die Rinder eines lieben Freundes. Die

neugierigen Jungtiere standen schon von weitem erkennbar am Zaun und blickten uns entgegen.
Doch was war das? Von einem der Bäume leuchtete mir etwas entgegen, das wie ein Heiligenschrein in den Bergen aussah. Neugierig beschleunigte ich meine Schritte. Je näher ich dem Baum kam, umso deutlicher sah ich, dass es sich um einen Astabbruch handelte, der im Sonnenlicht hell leuchtete. Jetzt war ich noch ungefähr zehn Meter entfernt, als ich die Konturen eines Engels erkannte. Die letzten Meter lief ich. Staunend und ehrfürchtig blickte ich auf das Bildnis eines wundervoll geformten Engels, der seine Flügel weit nach oben Richtung Himmel streckte. Weiter unten, fast mitten am Körper, zeigte sich ein zweiter kleiner Engel. Dann fiel mein Blick auf ein deutlich in das Holz geschriebene H. Was hatte dieser Buchstabe für eine Bedeutung? Stand er für Hallelujah, Hosianna oder Hilfe?

Wie immer hatte ich auf meinen Spaziergängen keine Kamera dabei. Diesen Engel wollte ich jedoch auf jeden Fall für mich festhalten. Bei Wolkenengeln war es mir bislang nicht gelungen, sie zu fotografieren, aber dieser Astabbruch dürfte keine Schwierigkeit darstellen. Ich eilte mit meiner treuen Hündin sofort den weiten Weg zurück nach Hause, um die Kamera zu holen. Kita schaute sehr überrascht, als es für sie nicht in den schattigen Garten, sondern noch einmal auf den langen Weg zur Streuobstwiese ging. Ich beeilte mich sehr, denn Angst stieg in mir auf, dass die Sonne später ungünstig stehen könnte

und der veränderte Lichteinfall das Bild des Engels nicht mehr deutlich zeigen würde. Doch weit gefehlt. Erschöpft kam ich bei dem Baumengel an und immer noch zeigte er deutlich seine Form. Sicherheitshalber fotografierte ich den Engel aus unterschiedlichen Blickwinkeln. Nur kurze Zeit später schob sich eine Wolke vor die Sonne und beendete diesen magischen Moment.
Noch auf dem Heimweg fiel mir ein Bibelvers ein, der mich seit Jahren immer wieder berührte.

"Denn er hat seinen Engeln befohlen über dir, dass sie dich behüten auf allen deinen Wegen"
(Luther Bibel 1912, Psalm 91:11)

Und plötzlich war ich wieder von Hoffnung und Kraft erfüllt. Ich würde meinen Weg machen. Gott selber hatte mir seinen Engel zur Seite gestellt. Er gab mir damit ein Zeichen der Zuversicht und einen festen Halt.
Zahlreiche Patienten aus der Sonnenberg-Klinik habe ich zu diesem Baum gesandt. Viele fanden ihn, berührten ihn und waren sehr ergriffen.

Ich verließ Bad Sooden-Allendorf einige Monate später und zog nach Cuxhaven, um ein neues Leben zu beginnen. Zwei Jahre später habe ich „meinen" Engel noch einmal aufgesucht. Der Baum stand noch. Die Fragmente des Astabbruchs ließen nur schwach erkennen, wo der Engel einst sichtbar war. Mir schien es, als hätte er den Baum verlassen. Mein Herz war schwer, ich glaubte, nie wieder solch ein Wunder erleben zu dürfen.

Jahre später habe ich auch in Cuxhaven wieder Engel sehen dürfen. Sie zeigten sich zunächst vertraut als Wolkenengel. Doch inzwischen fand ich im Schlosspark den ersten Baumrinden-Engel. Und dieses Mal hatte ich keinen Hund als Zeugen dabei, sondern meinen geliebten Mann. Während wir noch staunend und lächelnd zum parkenden Auto gingen, wurde mein Blick wie magisch von der Rinde einer Linde angezogen. Wie Höhlenmalerei sah diese Rinde aus. Ich zeigte meinem Mann einen weiteren Engel. „Michael mit dem Schwert, der über einem Lindwurm (Drachen) schwebt."

Ich bin dankbar und zutiefst beeindruckt, denn beide Bäume stehen in Nähe der Martinskirche. Bäume erzählen Geschichten und sie wissen um die Existenz von Engeln.

Es ist schön und tröstlich zu wissen, dass sie auch hier in Cuxhaven an meiner Seite sind.

Wundersam

Theresa Koch stand in der winzigen Küche ihres Einfamilienhauses und hustete sich die Seele aus dem Leib, als es an der Haustür Sturm klingelte.

„Du solltest mal zur Gräfin gehen!" Der Postbote Reinhard Behrens schaute besorgt in Theresas gerötetes Gesicht. „Du bellst ja das ganze Dorf zusammen. Man bekommt richtig Angst um dich."

„Wer ist denn die Gräfin?", fragte Theresa belustigt.

„Na, kennst du denn unsere neue Heilpraktikerin noch nicht? Sie wohnt doch nur drei Straßen weiter."

„Nein, von der habe ich noch nichts gehört. Ich habe ja auch meinen Doktor. Wie heißt die Gräfin denn wirklich?"

„Mechthild von Hohenstein", kam die prompte Antwort. „Das ist eine tolle Frau! Innerhalb weniger Tage hat sie mir geholfen. Weißt du, ich steckte nach der Trennung von meiner Frau in einer schweren Depression. Da kam die Gräfin gerade rechtzeitig in mein Leben. Sie hat ganz neue Behandlungsmethoden und arbeitet mit Kinesiologie und Bachblüten. Ruf doch mal bei ihr an. Mit deinem Husten oder Asthma geht es so ja auch nicht weiter."
Und schon drückte Reinhard der verblüfften Theresa ein Päckchen und einige Briefe in die

Hand. Dann eilte er zum Auto, um sogleich mit der Visitenkarte besagter Heilpraktikerin zurückzukommen.

„Du kannst die Karte behalten. Ich habe gleich ein paar mehr mitgenommen. Tschüß und viel Erfolg."

Bereits am Nachmittag saß Theresa in der Praxis von Mechthild von Hohenstein. Etwas unsicher schaute sie ihrem Gegenüber ins Gesicht.

„Entschuldigung", meinte sie mit gespielter Leichtigkeit. „Ich habe keine Ahnung, wie ich Sie anreden darf. Aber Sie können sicher sein, mit „Gnädige Frau" rede ich Sie nicht an."

„Wie kommen Sie denn auf solch eine Anrede?"

„Mein Vater arbeitete in einem gräflichen Forstbetrieb. Meine Mutter musste die Chefin dieses Unternehmens mit „Gnädige Frau" anreden. Dieses Buckeln um die gräfliche Gunst konnte und mochte ich kaum ertragen."

So, nun war das Unvermeidliche ausgesprochen. Da prustete Mechthild von Hohenstein bereits laut los und lachte herzerfrischend.

„Na, dann bin ich eben die „Mechthild" und ich schlage vor, wir bleiben gleich beim *Du*. Dann gibt es diese Probleme nicht mehr."
Und somit war eine neue und tiefe Freundschaft geboren.

Die beiden Frauen trafen sich häufig, meistens in den neuen Praxisräumen. Aber das hatte rein praxisorganisatorische Gründe.
Der Gesprächsstoff ging beiden nicht aus und auch gesundheitlich ging es Theresa von Woche zu Woche besser.

Die großartigen Heilerfolge ließen Patienten von nah und fern eintreffen. So kam auch eine etwas seltsame Patientin immer wieder für Stunden und sogar Tage zur Behandlung in das kleine abgelegene Dorf.

Frau Westphal war eine sehr spezielle Frau mit großer Fantasie. Sie versuchte, sich durch Malen auszudrücken und allem, was sie nicht in Worte fassen konnte, auf künstlerische Weise Gestalt zu verleihen. So entstanden diverse Bilder eines Wesens, von dem sie sich äußerst bedroht fühlte. Diese farbigen Kunstwerke landeten im Briefumschlag per Postsendung auf dem Schreibtisch Mechthild von Hohensteins.
Schrecklich und gruselig anzusehen waren diese dämonenhaften Bildnisse, eben so, wie man sich landläufig den Gehörnten, also den Satan vorstellt. Der Hilfeschrei Mechthilds war nicht zu überhören, als sie ihre Freundin Theresa telefonisch um Rat ersuchte.

Da Theresa die Fähigkeit besaß, Engel und lichtvolle Energien wahrzunehmen und zu deuten, ließ diese sofort alles stehen und liegen und begab sich in die Praxis ihrer Freundin.

Nun war guter Rat teuer. Die Bilder waren so beängstigend, dass Mechthild sie nicht länger in der Praxis aufbewahren wollte. Was aber war zu tun? In den Müll bzw. in das Altpapier konnte man die Bilder nicht werfen. Niemand weiß, wozu solch schrecklich böse Energien imstande sind.
Also beschlossen die beiden Freundinnen nach reiflicher Überlegung, die Bilder in die Kirche der nahen Stadt zu bringen. Dort wollten sie die Zeichnungen entweder in der vorderen Kirchenbank oder direkt vor dem Altar ablegen, damit sich der Pfarrer dieser Wesenheiten annehmen konnte. Gesagt, getan, die Frauen fuhren mit dem Auto in die Stadt, doch leider waren alle Kirchentüren an diesem Tag verschlossen. Sie waren ratlos. Was sollten sie jetzt nur mit den Bildern machen? Theresa war für eine praktische Lösung des Problems. „Am besten wäre, wir verbrennen die Bilder einfach."

„Ja, gut!" Mechthild schaute immer noch ein wenig ratlos. „Ich kann doch wegen der paar Bilder nicht den Kamin anmachen. Und was wird mein Mann dazu sagen, wenn er heimkommt? Und vor allen Dingen, was ist, wenn auf den verbrannten Papieren noch etwas zu sehen ist? Wie soll ich Wolfram denn das erklären?"

In der Praxis angekommen, machte Theresa den nächsten Vorschlag. „Sag mal, Mechthild, hast du denn keinen Topf, in dem wir die Bilder verbrennen können? Das machen wir dann in deinen Praxisräumen. Dort hinein kommt Wolfram bestimmt nicht. Schließlich könntest du ja eine Patientin haben und stören tut er dich bestimmt nicht bei der Arbeit."

Kurze Zeit später betrat Mechthild den Patienten-Untersuchungsraum mit einem großen schwarzen Eisentopf und einem isolierenden Untersetzer aus Holz. Die Satansbildnisse wurden in winzig kleine Schnipsel gerissen und in den Topf gelegt. Damit auch wirklich alles sicher und beschützt war, legten die beiden Frauen Engelkarten in einem dichten Kreis rund um den Topf. Das sah zum einen recht schön aus, zum anderen würden die negativen Energien der Bilder dadurch von ihnen ferngehalten.

Dann endlich war es so weit. Mechthild zündete die zerrissenen Bilder an und sofort verbreitete sich in dem Raum ein fürchterlicher Gestank und Rauch. Entsetzt beobachteten die Freundinnen, wie die Luft immer rauchgeschwängerter wurde und die Atemwege reizte.
Mechthild lief sofort zum Fenster und öffnete es weit. Dann eilte sie zur Tür, um auch diese weit zu öffnen und zum Glück gab es noch ein angrenzendes Badezimmer, das ebenfalls über ein großes Fenster verfügte.

„Um Himmels Willen, wenn jetzt Wolfram nach Hause kommt. Wie soll ich ihm das nur erklären?" Mechthild verdrehte stöhnend die Augen. „Ich glaube, das gibt richtig Ärger."
Der Qualm und Gestank entwich in kurzer Zeit durch Tür und Fenster. Mechthild und Theresa

gingen ebenfalls nach draußen, um frische Luft in die gepeinigten Lungen zu ziehen.

Theresa schaute zum Himmel. Dort am Horizont, was war denn das? Eine dunkle Wolke formte sich. Sie hatte die Form des Gehörnten. Kopf, Schwanz, Hörner, alles war deutlich und in Vollendung zu sehen.

„Mechthild, schau doch mal", flüsterte Theresa kaum hörbar.
„Das gibt es doch nicht wirklich!" Mechthild schüttelte den Kopf. „Das glaube ich jetzt nicht."

Eine zweite Wolkenform bildete sich am Firmament. Ein weißer Wolkenengel streckte seine Hand aus, griff dem Gehörnten an den Kopf und zog ihn innerhalb von wenigen Minuten in die Unendlichkeit des Himmels. Dann verschwand das Bildnis und die Sonne erstrahlte, als wäre nie etwas anderes zu sehen gewesen.

Es gibt Dinge zwischen Himmel und Erde, die kann ein Mensch mit seinem Verstand weder erfassen noch erklären.

Mechthild und Theresa konnten ihre Freundschaft über Jahre erhalten. Sie gingen durch viele Höhen und Tiefen und manchmal schien es, als würde ihre Freundschaft dem Sturm des Lebens nicht standhalten. Aber eines ist gewiss: Dieses unglaubliche Erlebnis verbindet beide wie mit einem festen Band.

Na, Mechthild, wie ist es? Weißt du noch...

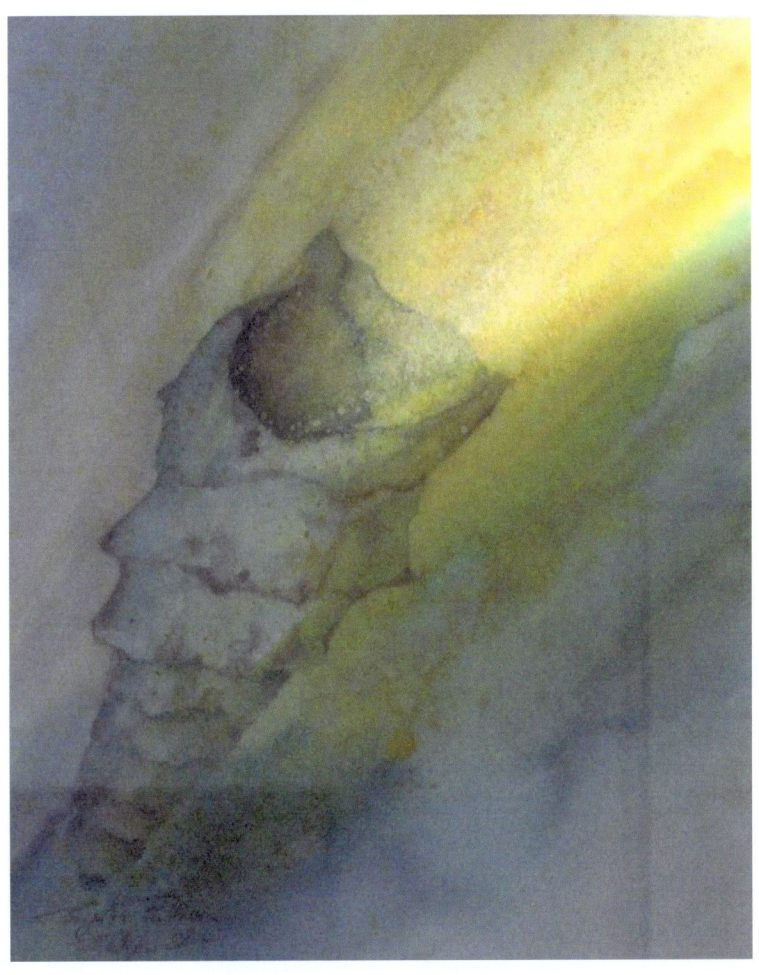

ein Lichtstrahl fällt in mein gemaltes Füllhorn...

Brigitte Anna Lina Wacker wurde 1953 in Voigtding, jetzt Wingst geboren. Sie lebt und arbeitet als freischaffende Künstlerin in Cuxhaven.
Bereits in ihrer Kindheit schrieb sie Gedichte, als Jugendliche widmete sie sich der Porträtmalerei.
Mit ihrem Mann und ihren Kindern wohnte und arbeitete sie bis 1994 in Bremervörde.
Nach einem folgenschweren Unfall veränderte sich schlagartig ihr Leben. 1987 begann sie, sich mit der Malerei ernsthaft zu befassen und in zahlreichen Kursen ausbilden zu lassen. Zur gleichen Zeit schrieb sie ihre ersten lyrischen Verse. Im Jahr 2000 erschien ihr erster Kunst-Lyrik-Bildband im Eigenverlag
2005 folgte ein Engelbildband in limitierter Auflage.
Veröffentlichungen ihrer Gedichte und Kurzgeschichten erfolgten in diversen Anthologien des Wolkenreiter-Verlags Fuldatal
2012 erfolgte die erste Veröffentlichung ihres Gedichtes „Wunder Engel" in der Anthologie „Einfach nur ein Engel", net-Verlag.

Ab 2012 sind über 20 Bücher im BoD-Verlag erschienen, darunter auch Märchen und Landschafts-Bildbände.

Weitere Bücher von Brigitte A. L. Wacker:

Der kleine Apfel Balthasar
Ein Märchen für Kinder und Erwachsene
ISBN 978-3-7357-8263-2

Das Märchen vom kleinen Sternchen
für Erwachsene und Kinder
ISBN 978-3-7357-7883-3

**Hein Wattwurm auf Reisen
und andere Geschichten**
ISBN 978-3-8482-0266-9

Kita – Vier Pfoten, eine Liebe
die Geschichte eines Hundes
ISBN 978-3-7322-4902-2

Paula
Erlebnisse mit einem Hund
ISBN 978-3-7357-4303-9

Solaras Traum
eine magische Begegnung
ISBN 978-3-8482-2978-9

Sterne in dunkler Nacht
Erzählung
ISBN 978-3-8482-3172-0

Ich gebe dir Engel mit auf den Weg
Bilder und Gedanken
ISBN 978-3-7322-9926-3

Liebevolle Wünsche und Gedanken für Dich
ISBN 978-3-7357-1764-1

Abschied von Robert
eine wahre Geschichte
ISBN 978-3-8482-1356-6

Und alles nur aus Liebe
Roman
ISBN 978-3-8482-1773-1

Lass meine Hand nicht los
eine Liebesgeschichte in Bad Sooden-Allendorf
ISBN 978-3-7431-4307-4

Sehnsucht lag am Wegesrand
Gedanken, Bilder und Gedichte
ISBN 978-3-7386-1139-7